AF285949

166
LUSTIGE
KLOSPRÜCHE

Titelbild: Dreamstime.com, ©Toxawww

Gesammelt und gestaltet von A. Bernd Abel

Herstellung und Verlag: Books on Demand GmbH, Norderstedt, 2014

ISBN: 9783837006148

In der Geschichte der Toiletten haben sich Klowände zu regelrechten Diskussionsplattformen entwickelt. Werden sie nicht überstrichen oder gereinigt, finden sich dort verschiedene Dichtungen, Witze, Telefonnummern, politische Aussagen, Obszönitäten und Kritzeleien. Einige sind nun, vom Autor quer durch Deutschland gesammelt, in diesem Buch aufgeführt.

Klosprüche sind nicht einfach nur Schmierereien – vielmehr sind es Dokumente der gesellschaftlichen Kommunikation. Sie sind somit auch stets ein Spiegelbild des jeweiligen Standorts des stillen Örtchens. Streng genommen sind sie natürlich eine Form des Graffito, welches juristisch gesehen, eine Sachbeschädigung darstellt und deshalb keinesfalls zur Nachahmung empfohlen wird.

DER MENSCH SCHEISST
IN 'NER GUTEN STUND,
IN FÜNF MINUTEN
SCHEISST SEIN HUND.

✳

Bitte Bürste
benützen!

(Die ist mir zu hart ;-)

✳

IG-METALL

IG-CHEMIE

IG PISSEN

✳

Erst pissen,
dann schütteln!

Bitte näher ran!

DER NÄCHSTE IST VIELLEICHT

BARFUSS!

✳

„EVERYBODY CAN PISS ON THE

FLOOR – BUT IT TAKES A REAL

MAN TO SHIT ON THE CEILING"

✳

Bitte hier drücken!

✳

Hängt der Tropfen
noch so lose,
der letzte geht doch
in die Hose.

Salomon der Weise spricht:
Laute Fürze stinken nicht,
aber die so leise zischen
und so still dem Arsch entwischen,

—

vor *denen* hüte Dich,
denn die stinken fürchterlich.

＊

MEIN GOTT!

WAR DIE KLOFRAU GESTERN

WIEDER SCHEISSFREUNDLICH!

＊

Komm raus und piss,
Du Feigling!

Bitte näher ran!

(Er ist kürzer als Du denkst!)

*

SOME COME HERE TO SHIT

AND STINK,

SOME COME HERE TO SIT

AND THINK.

I COME HERE TO COUNT

MY BALLS

AND TO READ THE WC-WALLS.

*

Ist ein Penis nicht ein Glatzkopf im Rollkragenpullover?

Ob ich denke,

ob ich pisse,

alles läuft ins Ungewisse ...

*

Ihr seid mein Urin!

*

Hast Du sonst nichts mehr
zu lachen,
lass' es hier so richtig
krachen!

*

Bei Überflutung,
langsam trinken!

**Meine Herren und Damen,
scheißt nicht auf den Rahmen,
sondern,
das ist bei uns so Sitte,
immer in die Mitte!**

*

Der größte Witz
an der Wand?
Ihn hältst Du grade
in der Hand ...

*

**Wie Hitler sitz ich hier,
die braunen Massen unter mir**

Du sollst kacken
– nicht lesen!

Hier starb mein Kind, 9 Monate vor seiner
Geburt in einem ganz wilden Handgemenge

1 = Mensch

2 = Firma

3 = Staat

Was ist dann 4 + 5 ?

(Die Lösung steht hinterm Klo – oder auf der nächsten Seite …)

✳

DU BIST KEIN MENSCH,

DU BIST KEIN TIER,

DU BIST NE ROLLE KLOPAPIER

✳

Lieber Koch,
hier fällt deine Kunst ins Loch!

ICH MÖCHTE WIRKLICH

GERNE WISSEN,

WARUM ICH DICHTE,

STATT ZU PISSEN.

✳

Ich scheiss besser!

✳

MEIN GOTT IST DER KLEIN!

Lösung: 9, oder kannst Du
nicht rechnen?

Steck Deinen Wurm zurück!
Hier ist Angeln verboten!

✳

KLOWÄNDE PUTZEN
IST WIE BÜCHER VERBRENNEN!

✳

Steter Tropfen höhlt den Kopf
– oder die Leber ...

✳

DAS KLOPAPIER IST ALLE!

Ich war hier
am 10.11.1912
Ehrlich!

*

Auf diesem Klo da wohnt
ein Geist,
der jeden, der zu lange
scheisst,
von hinten in die Eier beisst.
Mich hat er noch nicht
gebissen,
denn ich hab' ihm
auf den Kopf geschissen!

Achtung:
Du sitzt auf einem Auge:
Es sieht immer nur
Arschlöcher.

*

SCHEISS-FETE.
WENN ICH MEINE HOSE FINDE,
GEHE ICH!

*

GEGEN DEN GESTANK HIER IST
MEINE SCHEISSE DAS REINSTE
PARFÜM

WENN DU GENAU NACHDENKST,
IST ES VIELLEICHT DAS BESTE,
WAS DU JE VOLLBRACHT HAST ...

✳

Am Knopf des
Heißluftföhns:
Bitte drücken!
Sie hören eine Rede
aus dem Bundestag.

✳

WER NICHT LESEN WILL,
MUSS FERNSEHEN!

✳

Auf Dauer geben
Tropfen Deiner Pisse,
im Leder Deiner Schuhe Risse.

Wenn sie das lesen können, scheißen sie in einem Winkel von 90° Grad.

*

Bitte lächeln!
Sie werden gerade gefilmt.

*

MAN MUSS NICHT UNBEDINGT DUMM SEIN, UM DIESES KLO ZU PUTZEN — ABER ES WÜRDE DIE TÄTIGKEIT SEHR ERLEICHTERN.

Bei Stromausfall:
Bitte trotzdem zielen!

✳

WER ZULETZT LACHT,
HAT IRGENDWAS ERST
ZU SPÄT BEGRIFFEN.

✳

LIEBE GEHT DURCH DEN MAGEN.
BIER GEHT DURCH DIE BLASE.

✳

KNAPP UND KURZ,
DAS IST DER SOLDATENFURZ.

scheissen während
der Arbeitszeit wird
wenigstens bezahlt!

✳

DU KÖNNTEST ZU KURZ
GEKOMMEN SEIN,
WENN DU NICHT SO WEIT
PINKELN KANNST.

✳

Bitte deutlich schreiben!

✳

Zwei Backen
machen noch lange
kein Gesicht.

Braune Spuren auf dem Klo,
machen keine Putzfrau froh.

✳

Kiffen
macht gleichgültig!
Na und?

✳

Lieber gesund und reich
als krank und arm!

✳

**Rettet den Wald!
Esst mehr Biber!**

Im Falle von Durchfall: Bitte Tempo weiter beschleunigen.

*

Du solltest den Kopf nicht hängen lassen, wenn Dir das Wasser bis zum Hals steht.

*

Waren die ersten Menschen wirklich die letzten Affen?

*

Gut Dung will Weile haben...

WER IM GLASHAUS SITZT,
SOLLTE NUR IM KELLER
AUF'S KLO GEHEN.

*

**NICHT IMMER IST ES
CHEMIE, DIE STINKT.**

*

Nach einer Stunde wird der Schleudersitz automatisch ausgelöst!

*

GELD WURDE VERMUTLICH
VON EINEM ARMEN MENSCHEN
ERFUNDEN.

Wer immer den Frauen
hinterherläuft landet
irgendwann
auf dem Damenklo.

*

Man hat länger was davon,
wenn man sich richtig
reinsetzt.

*

Ich liebe mich auch!

*

Ein Mann, ein Wort,
Eine Frau, ein Wörterbuch.

Ich habe keine Probleme
mit Gras
– Nur ohne ...

✳

Frohe Ostern!
Scheiss auf Ostern!

✳

Fick Dich doch ins Knie!

✳

Bitte nicht an den
Klosteinen lutschen!

✳

KACKEN IST SCHEISSE!

HIER SITZ ICH MIT SCHWEREM
HERZEN UND DRÜCK'S HERAUS
MIT STARKEN SCHMERZEN

*

MAN SOLLTE
DIE ALTEN ATOMBOMBEN
WENIGSTENS VERBRAUCHEN,
BEVOR MAN NEUE BAUT!

*

**Die Bürste bitte nicht
anderweitig verwenden!**

*

BEIM SAUFEN NICHT ERBLASSEN!
WASSER LASSEN!

Wenn es kleckert,
wenn es spritzt,
mach wieder sauber,
worauf Du sitzt!

✳

... UND ZWEI NÜSSE LASSEN
SICH EINFACH NICHT VOM BAUM
ABSCHÜTTELN ...

✳

schuhe braucht man
zum reisen,
Ruhe braucht man
zum scheißen.

ICH BIN KEIN MANN
FÜR EINE NACHT!
(ICH WERDE SCHON NACH EIN PAAR
MINUTEN MÜDE)

*

ACHTUNG:
MEIN HAUFEN IST GRÖSSER!

*

Was ist der Furz?
Der verzweifelte Versuch,
den Arsch zum Instrument
zu machen.

*

STETER TROPFEN
HÖHLT DEN KOPF.

FEMINISTINNEN FIND' ICH GEIL,
BESONDERS DIE MIT DEN
PRALLEN BRÜSTEN...

✳

**DER STUDENT GEHT SO LANGE
ZUR MENSA BIS ER BRICHT**

✳

DAS LEBEN IST BESCHISSEN,
WENN WIR UNS NICHT
ZU HELFEN WISSEN,

✳

Love me,
ständer,
love me ...

Mit Knötli im Dödli
ist Vögli nicht mögli!

✳

AUCH STILLE WASSER
MÜSSEN MAL.

✳

Benutzer,
Du Verschmutzer!

✳

DEINE FINGER SIND WOHL KAUM
ERSATZ
FÜR MEINEN WOHLGERATNEN
SPATZ.

HIV
wird Deutscher Meister!

✻

LIEBER FRESSEN UND SAUFEN ALS
ABWARTEN UND TEE TRINKEN.

✻

DIE WÜRZE LIEGT UNTER DER SCHÜRZE.

✻

Geht eine Frau zum Arzt:
„Ich glaube ich hab' einen
Knoten in der Brust"
„Wie haben sie denn das ge-
schafft?"

LANDEST DU IM FALSCHEN LOCH,
BIST DU IM ARSCH.

*

MÄNNER SIND WIE KLOBRILLEN:
BESETZT ODER BESCHISSEN.

*

UND DA WAR NOCH:
NACHTS WAR ES HEUTE KÄLTER
ALS DRAUSSEN.

*

**Durchfall gärt
am längsten.**

Lieber einen dicken Bauch als
gar nichts Hervorragendes.

✻

LIEBER EIN OFFENES OHR
ALS EIN OFFENES BEIN.

✻

ACHTUNG:
ERDNÜSSE SIND EIN BESTANDTEIL VON DYNAMIT!

✻

Ist es möglich,
seine Ellebogen zu lecken?

✻

DAS INTERNET LÜGT.
KLOWÄNDE LÜGEN AUCH.

DER FURZ
WAR IM ALTEN ÄGYPTEN
EINE GOTTHEIT!

*

Das älteste Wasserklosett
mit funktionierender Spülung
ist ca. 4000 Jahre alt und
befindet sich im Palast von
Knossos auf Kreta.

*

BÜCKT MAN SICH NACH 1 CENT,
KOMMT MAN AUF EINEN
STUNDENLOHN VON 12 EURO,
WENN MAN 3 SEKUNDEN DAFÜR
BRAUCHT!

Unfruchtbarkeit ist erblich!

*

Ich kam sah und zog.

*

Die Klofrau darf nicht beschissen werden!

*

Esst Scheisse!
Millionen Fliegen können nicht irren!

*

Eunuchen,
vereinigt Euch!

MEIN BLASENDRANG HINDERT
MICH AM STAATSEMPFANG

*

Kacke wie Hose!

*

JETZT HAB' ICH DIE NASE VOLL!
(DIE HOSE AUCH)

*

SCHEISSE IN DIE LUFT
GESCHOSSEN,
DAS GIBT VIELE
SOMMERSPROSSEN.

Kondomautomat

ACHTUNG
MEIN VATER SAGT,
MANCHE DAVON
SIND KAPUTT!

DAS IST DOCH DER
MIESESTE KAUGUMMI,
DEN ICH JE PROBIERT
HABE!

BEI FEHLFUNKTION EINFACH HEIRATEN!

● ● ● ●

BEI VERSAGEN:
BITTE HIER KIND
EINWERFEN

KÖNNEN RATTEN KOTZEN?

＊

Gase lassen sich
zusammenpressen.
schon probiert?

＊

DIESE TOILETTENWAND
GIBT ES AUCH AUF MC UND CD.
FRAGEN SIE IHREN
FACHHÄNDLER DANACH!

＊

Lieber vorbeugen,
als nasse Schuhe!

Ich weiss über Dich Bescheiss!

✷

Vor Benutzung:
Bitte Deckel öffnen!

✷

WENN EINER AUF DEM

LOKUS SITZT,

DANN KANN ER

WAS ERZÄHLEN!

✷

Navigare necesse est
(schiffen ist notwendig)

Wer das liest, steht in meiner Pisse!

Und so was will ein feiner Pinkler sein...

*

Pissen und pissen lassen!

*

Ich ging aufs Klo,
steckte den Finger in den Po,
zog ihn nicht mehr raus
- aus!

*

Bin ich froh – Mein Po passt
genau auf Euer Klo.

SCHAU RUNTER!

SCHAU NACH RECHTS!

SCHAU HOCH!

SCHAU NACH LINKS!

JETZT PISST DU GERADE DANEBEN!

Pissen ist Macht

✳

IST MICRO-SOFT EIN NEUES

TOILETTENPAPIER!

Ich kaufe Windows
lieber im Baumarkt!

✳

KANN DER NOCH PINKELN,

DER SCHIFFBRUCH

ERLITTEN HAT?

✳

Lauter!

Unsere Zukunft liegt in Deiner Hand!

(überm Pissoir)

*

WENN DU EINEM ARSCHLOCH

KLARMACHEN WILLST,

DASS ES WIRKLICH

EIN ARSCHLOCH IST,

WIRD ES DAS BIS ZUM

LETZTEN FURZ ABSTREITEN!

*

wir können es drehen, wie wir wollen – der Arsch bleibt immer hinten.

WORAN ERKENNT MAN,
DASS EIN ÄTHIOPIER KEINE
VERSTOPFUNG MEHR HAT?
Am Reiskorn im Klo!

✶

Was macht eine Blondine im Theater?
Sie verteilt die Rollen ...

✶

DU

HERZSCHRITTMACHERÜBERTAKTER

Eine Frau beim Arzt:
„ICH HAB' EINEN 10-EURO-
SCHEIN VERSCHLUCKT UND JETZT
KOMMEN IMMER NUR MÜNZEN
HINTEN RAUS!"
„Höchtwahrscheinlich sind sie
in den Wechseljahren."

*

DER INSTALATEUR:
„IN EINER WOCHE BEKOMMEN
SIE IHR KLO WIEDER."

*

Du Schurke,
man nehme dir die Gurke!

KOMMT IN STUTTGART EIN
MANN AN EINE HAUSTÜR.
EINE FRAU ÖFFNET IHM:
„WAS WOLLEN SIE?"
„SCHAUEN SIE MICH MAL AN,
ICH HAB SEIT ZWEI TAGEN
NICHTS GEGESSEN."
„SIE MÜSSEN SICH HALT
ZWINGEN!"

✳

**Die letzten Worte
des Flugreisenden:
Geht es hier zur Toilette?**

**Willst Du mal so richtig kacken,
leg die Hände in den Nacken
und
die Ellenbogen
auf die Knie,
dann kannst Du kacken
wie noch nie.**

＊

Wie weiß ein Blinder,
dass er fertig ist mit
putzen?

＊

Du Seifen-Ignorierer!

Ein Marmeladenbrot landet immer auf der Marmeladenseite.

Eine Katze landet immer auf ihren Pfoten.

Was passiert, wenn man einer Katze ein Marmeladenbrot auf den Rücken bindet?

✳

**Besser Farbe im Klo,
als Kacke im Malkasten.
Mahlzeit!**

Ich lass' mich nicht so einfach abschütteln!

✳

Alle lieben dünne Menschen,
nur nicht Annette,
die liebt fette.

✳

WER SCHLÄFT,

SÜNDIGT NICHT.

WER SÜNDIGT,

SCHLÄFT NICHT.

✳

... und ich bin ganz aus
dem Höschen ...

BEVOR MAN SEINE KONDOME

WEGWIRFT,

SOLLTE MAN IN DEN SPIEGEL

SEHEN!

✳

**„Keine Rose ohne Dornen",
sagte das Kaninchen und
vergnügte sich mit der
Klobürste.**

✳

Ist es Klopapier?
Oder ist es sogar die längste
Serviette der Welt?

**Lasst beim Kacken
den Nacken knacken!
Wenn er richtig knackt,
hast Du ausgekackt.**

*

Kommen zwei Lilliputaner in
eine Kneipe.
Sagt der eine: „Zwei Halbe".
Der Wirt: „Ja, das sehe ich und
was wollt ihr trinken?"

*

LIEBER 007 SCHAUEN,

ALS ALS 7. VORM 00

ZU STEHEN.